EL GATO
ENSOMBRERADO
Por Dr. Seuss

Traducción de
Georgina Lázaro
y
Teresa Mlawer

RANDOM
HOUSE

¡Visita nuestra página Web!
Seussville.com
randomhousekids.com

Maestros y bibliotecarios, para una variedad de herramientas educativas, visítennos en
RHTeachersLibrarians.com

Datos de catalogación en la publicación de la Biblioteca del Congreso de Estados Unidos
Seuss, Dr., author, illustrator.
[Cat in the hat. Spanish]
El gato ensombrerado / por Dr. Seuss ; traducción de Georgina Lázaro y Teresa Mlawer.
— Primera edición.
   pages   cm. — (Beginner books)
Originally published in English by Random House Children's Books in 1957 under title:
The cat in the hat.
Summary: A zany but well-meaning cat brings a cheerful, exotic, and exuberant form
of chaos to a household of two young children one rainy day while their mother is out.
ISBN 978-0-553-50979-3 (trade) — ISBN 978-0-553-50980-9 (lib. bdg.) —
ISBN 978-0-553-52421-5 (ebook)
[1. Stories in rhyme. 2. Cats—Fiction. 3. Spanish language materials.]
I. Lázaro León, Georgina, translator. II. Mlawer, Teresa, translator. III. Title.
PZ74.3.S39 2015 [E]—dc23 2014033308

Impreso en Estados Unidos   10 9 8 7 6 5 4 3
Random House Children's Books apoya la Primera Enmienda y celebra el derecho a leer.

Todo estaba mojado
y el sol sin alumbrar.
Nos quedamos en casa
sin salir a jugar.

Me senté allí con Sara,
los dos viendo llover.
Dije: —¡Cuánto quisiera
tener algo que hacer!

Muy lluvioso y muy frío.
¡Olvida la pelota!
Nos quedamos en casa
viendo caer las gotas.

Y todo lo que hicimos

fue

   estar

     ahí

       sentados

mirando la ventana

aburridos y hastiados.

¡Y entonces
se oyó un ruido
que nos hizo brincar!

¡Miramos

y lo vimos justo cuando iba a entrar!

¡Miramos

y lo vimos!

¡El Gato Ensombrerado!

Y él nos miró y nos dijo:

—¿Qué hacen ahí sentados?

—Ya sé que está lloviendo

y que el sol no ha salido.

Vamos a entretenernos

con algo divertido.

—Conozco algunos juegos
que podemos probar.
También sé nuevos trucos
—añadió sin parar—.
Muchos trucos muy buenos
que les voy a enseñar,
y sé que su mamá
no se va a disgustar.

Sara y yo no supimos
entonces qué decir.
Mamá no estaba en casa,
pues tuvo que salir.

—¡No! —dijo nuestro pez—.

Se tendrá que marchar.

Díganle a ese gato

que NO quieren jugar.

No debe estar aquí,

ni muy cerca siquiera.

No debe estar aquí

si su mamá está fuera.

—¡Vamos, no teman! —dijo
el Gato Ensombrerado—.
No son malos los trucos
que tengo preparados.
Podemos divertirnos
muchísimo los tres
con un juego que llamo
¡ARRIBA-ARRIBA-EL-PEZ!

12

—¡Bájame! —dijo el pez—.

¡Que no quiero caerme!

¡Bájame! —dijo el pez—.

¡Esto NO me divierte!

13

—No te vas a caer.

No temas —dijo el gato—.

Parado en la pelota

te sostendré bien alto.

¡La taza en el sombrero

y un libro en una mano!

Pero eso no es TODO . . .

—siguió diciendo el gato.

—¡Mírenme ahora! —dijo—.

¡Miren aquí primero:

la taza y un pastel

encima del sombrero!

¡Puedo cargar DOS libros!

¡Puedo subir el pez!

¡Y un barquito y un plato!

¡Miren, todo a la vez!

Y brincar en la bola.

Sí, saltar de este modo.

¡Arriba, abajo, arriba!

¡Oh, no!

Eso no es todo . . .

—¡Miren,

mírenme AHORA!

Divertirse a mi modo

es muy entretenido,

mas deben saber cómo.

¡Puedo subir la taza,

puedo cargar los libros,

la leche y el pastel

y el pez en un rastrillo!

¡El barco de juguete,

también un muñequito!

Y, miren, con mi cola

agarro el abanico.

¡Mientras brinco en la bola,

con él me echo fresquito!

Pero eso no es todo.

¡Oh, no!

Eso no es todo . . .

Es lo que dijo el gato . . .

¡Y entonces se cayó!

Se cayó de cabeza

y se hizo un chichón.

¡Sara y yo juntos vimos

TODO lo que cayó!

21

¡Y así en una tetera

el pobre pez cayó!

—No me gusta esto —dijo—.

¡No y no! ¡Claro que no!

Esto no es un buen juego

—dijo cuando salió—.

Ni un poquito me gusta.

No, no. ¡Claro que no!

22

—¡Ay, mira lo que hiciste!

—le dijo el pez al gato—.

¡Mira bien esta casa!

¡Mira por cualquier lado!

¡Dentro, en el pastel,

hundiste aquel barquito!

Revolviste la casa

y doblaste el rastrillo.

Cuando mamá no está

DEBES quedarte fuera.

¡Sal de la casa! —dijo

el pez en la tetera.

—Me gusta estar aquí

más que estar solo fuera

—dijo entonces el gato

al pez en la tetera—.

Yo NO me quiero ir.

¡Por eso NO me iré!

Así

    es

      que . . .

¡Ahora voy a mostrarles

un juego que yo sé!

Sin más salió corriendo.

Veloz, como un león,

el Gato Ensombrerado

volvió con un cajón.

Un cajón grande y rojo
con un gancho,
cerrado.

—¡Miren el truco! —dijo
el Gato Ensombrerado.

Se subió sobre él,

saludó y habló luego:

—EL-CAJÓN-DIVERTIDO

es el nombre del juego.

En la caja hay dos cosas

que les voy a mostrar.

—Y en voz muy baja dijo—:

Las dos les gustarán.

—Ahora abriré la caja.

Miren con atención.

Dos cosas que se llaman

Cosa Uno y Cosa Dos.

Las dos Cosas no muerden,

no habrá problema alguno.

¡Y de la caja salieron

Cosa Dos y Cosa Uno!

—¿Qué tal? —las dos dijeron

con una sola voz—.

¿Querrán darles la mano

a Cosa Uno y Cosa Dos?

33

No sabiendo qué hacer
mi hermana Sara y yo,
les dimos nuestra mano
a Cosa Uno y Cosa Dos.
Estrechamos sus manos,
pero el pez dijo: —¡No!
¡Las cosas deben irse
de esta casa! ¡Las dos!

—No se pueden quedar
si su mamá está fuera.
¡Pronto, sáquenlas! —dijo
el pez en la tetera.

35

—No temas, pececito,

las Cosas buenas son

—entonces habló el gato

con toda la razón—.

Son mansas. ¡Oh, tan mansas!

Y vienen a jugar.

En este día lluvioso

nos vienen a alegrar.

—Miren, este es un juego
que les gusta jugar.
Les gustan las cometas
y echarlas a volar.

38

—¡En la casa, no! —dijo
el pez en la tetera—.
¡No, dentro de las casas
no se vuelan cometas!
¡Oh, no, esto no me gusta!
¡Todo se romperá!
¡No me gusta nadita!
¡Todo un lío se hará!

Sara y yo entonces vimos
a Cosas Uno y Dos
corriendo por la casa.
¡Pam! ¡Pum! ¡Pam! ¡Pam! ¡Pum! ¡Pom!
¡Las cometas tiraban
todo a su alrededor!

¡Corrían de un lado a otro
Cosa Uno y Cosa Dos!
¡Y así, de una cometa,
un traje se enganchó!
El traje de lunares
que le gusta a mamá.
Vimos la otra cometa
contra la cama dar.

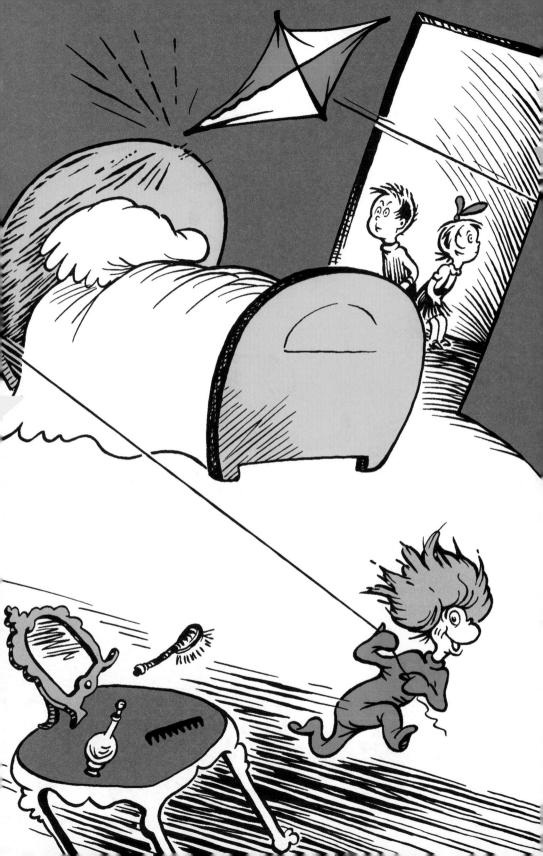

Y siguieron corriendo,
dando saltos, patadas,
grandes brincos y golpes
y muy malas jugadas.
Yo dije: —NO me gusta
de la forma en que juegan.
¿Qué diría mamá
si en la casa estuviera?

45

Temblando dijo el pez:

—¡Ay, VEAN lo que pasa!

¡Ahí viene su mamá

de regreso a la casa!

¿Ahora qué dirá?

¿Qué será lo que hará

cuando vea esta casa

revuelta como está?

Dijo el pez: —¡Hagan algo!

¡Ya, rápido! ¿Qué esperan?

¡La vi! ¡Vi a su mamá!

¡Su mamá está muy cerca!

Tan pronto como puedan

piensen qué van a hacer.

¡Cosa Uno y Cosa Dos:

a desaparecer!

Lo más pronto que pude
fui en busca de mi red
y sin duda pensé:
«Yo sé que con mi red
pronto a esas dos Cosas
yo mismo atraparé».

¡PLOP!, y dejé caer

sin avisar mi red.

¡Y así a las dos Cosas

de una vez atrapé!

Entonces le hablé al gato:

—Harás lo que te diga.

Agarra esas dos Cosas.

¡Sácalas enseguida!

—¿No les gustó mi juego?

¡Lo siento! —dijo el gato—.

Oh, vaya.

¡Qué mal rato!

¡Qué mal rato!

¡Qué mal rato!

Y encerró a las dos Cosas

en el rojo cajón.

Y se fue de la casa

con semblante tristón.

54

—¡Qué bien! —exclamó el pez—.

El gato ya se ha ido.

Mas al llegar mamá

verá lo que ha ocurrido:

¡Un reguero tan grande

y tan grande y tan hondo,

que va a ser imposible

que recojamos todo!

¡Y ENTONCES!

¿Quién estaba de vuelta?

Claro, el gato, que dijo:

—¡Yo lo recojo todo!

¡No teman a este lío!

Yo guardo mis juguetes.

Así es que . . .

ahora les mostraré

otro truco que sé.

Lo vimos recoger

lo que se había caído.

Recogió ese pastel,

el traje y el rastrillo,

aquel plato y los libros,

la taza, el abanico,

el barquito y el pez,

la leche y el cordón.

Con una reverencia

en cuanto terminó,

se quitó el sombrero

y así se despidió.

Cuando llegó mamá

nos preguntó a los dos:

—¿Se divirtieron mucho?

Cuéntenme qué pasó.

No supimos decirle

ni mi hermana ni yo.

¿Deberíamos contarle

todo lo que ocurrió?

Y, ahora, dime,

¿qué harías

si te pasa algo así?

¿Qué harías si TU mamá

te preguntara a TI?